KBI06350

쓸모없는
인생은 없다

쓸모없는 인생은 없다

발행일	2019년 9월 23일			
지은이	김주호			
펴낸이	손형국			
펴낸곳	(주)북랩	편집	오경진, 강대건, 최예은, 최승현, 김경무	
편집인	선일영	제작	박기성, 황동현, 구성우, 장홍석	
디자인	이현수, 김민하, 한수희, 김윤주, 허지혜			
마케팅	김회란, 박진관, 조하라, 장은별			
출판등록	2004. 12. 1(제2012-000051호)			
주소	서울시 금천구 가산디지털 1로 168, 우림라이온스밸리 B동 B113, 114호			
홈페이지	www.book.co.kr			
전화번호	(02)2026-5777	팩스	(02)2026-5747	

ISBN   979-11-6299-882-3 03810 (종이책)   979-11-6299-883-0 05810 (전자책)

이 도서의 국립중앙도서관 출판예정도서목록(CIP)은 서지정보유통지원시스템 홈페이지(http://seoji.nl.go.kr)와
국가자료공동목록시스템(http://www.nl.go.kr/kolisnet)에서 이용하실 수 있습니다.
(CIP제어번호: CIP2019036985)

쓸모없는 인생은 없다

김주호 에세이

세상의 기준에

맞추느라

지친 이들에게 보내는

작은 응원

 북랩 book Lab

이 책을 세상에서 가장 사랑하는 사람

_____ 님께 드립니다.

차 례

사랑하는 사람이
말도 안 되는 투정을 부리고
나를 화나게 했다고 해서

너도 나한테 이렇게 했지?
나도 너한테 똑같이 돌려줄 거야!

똑같이 돌려주겠다는 마음 버리자.
똑같이 돌려주면 마음은 후련할지 모르지만
결국 상처는 없어지지 않고
고스란히
그대 심장에 꽂힐 테니까.

그리고 똑같이 돌려주면 무승부
보듬어 주면 당신이 승리자이다.

사랑은 무언가를
거창하게 하는 것이 아니라

작은 거 하나에
하루 종일 웃을 수 있고

그저 함께 있는 것만으로도
작은 미소가 떠나질 않는
그런 사람이
진짜 사랑인 것 같다.

쓸 모 없 는 인 생 은   없 다

내가 잘못했을 때는
상대방이 용서해 주길 바라면서

상대방이 잘못했을 때는
왜 용서를 해 주지 않는 걸까?

참고로
용서는 최고의 복수이다.

누구나 실수를 할 수 있다.
실수를 인정하지 않는 사람과
　　　인정하는 사람

　　　깨닫지 못하는 사람과
　　　깨달은 사람만 남을 뿐….

　　　그대에게 묻는다.
　　　과연
　　　누가 더 발전된 삶을 살까?

P.S. 과거를 되돌릴 수는 없지만
　　　과거의 실수를 인정함으로써 앞으로 나아가는 것이다.

쓸 모 없 는   인 생 은   없 다

살아갈 날이 길지 않은데
왜 우린 사랑하는 시간보다
미워하고 다투는 시간이 많을까?

결국 남는 건

후회와 상처뿐인데.

외로울 때 외롭다고 말을 하고
그리울 때 그립다고 말을 하고
좋아할 때 좋아한다고 말을 하고
사랑할 때 사랑한다고 말을 한다면.

P.S. 저 표현을
        당당하게 하는 당신!
        사람들은 당신을 부러워할 것이다.

이 생애를 단 한 번밖에 살 수 없고
지금 걷는 길을 두 번 다시 걸을 수 없기에
하고 싶은 말
하고 싶은 행동
어차피 할 거면 당당하고 자신감 있게 하자.

P.S. 행동하지 않았을 때보다
     행동했을 때가
     후회가 덜 남는다.

가진 게 많이 없다면,
많은 걸 경험할 수 없기 때문에
순수할 수밖에 없지만
가진 게 많으면 다양한 경험을
할 수 있기에
나쁜 유혹이나 쾌락에 빠질 수 있다.

가진 자여
위험에 노출되었으니
조심하시길….

쓸모없는 인생은 없다

우리의 목표와 꿈

우리가 추구하는 행복

이미 가졌으면서도 어디선가 찾으려 하고

이미 누리면서도 목마르게 갈망하고

이미 이루었으면서도 안타깝게 바라보는

그런 사람은 되지 않길….

쓸모없는 인생은 없다

젊을 때는 열정과 패기가 넘쳐흘러
지고 싶지 않아

이유 없이 화도 내고
이유 없이 싸움도 하고
막 살 것처럼 느껴지지만

나이가 한 살 한 살 먹으면
이유 없이 져 주기도 하고
이유 없이 자존심도 내려놓고
그러다 보면 자연스레
온기로 가득 찬 얼굴로 변하는 게 인생이다.

쓸 모 없 는   인 생 은   없 다

목표가 없으면 시체처럼
그저 사는 대로 살게 될 것이고
목표가 있으면 내가 원하는 대로 삶을 살 것이다.

지금 당장 목표와 꿈이 무엇인지
생각할 시간을 가져 보자.

이성 친구가 전에
함께 놀았던 곳
잠자리했던 장소를
헷갈려 하거나 기억이 나지 않아서
핑계를 댈 경우
그 이성에게 관심이 없을 가능성이 매우 높다.

교제하는 이성에게 관심이 없거나
교제하고 있는 이성이 여러 명일 가능성이 높다.
부디 조심하길….

대다수가
사람은 돈이 많고 부유할수록
겸손하지 못하고
과시하며 상처를 준다.
가난하거나 돈이 적을수록
생각은 깊어진다.

가난하거나 힘들수록
생각이 깊어지는 것은 왜 그럴까?

행복과 여행을
목적지와 결과를 통해서
즐기는 사람이 있지만

과정을 통해
순간순간을 온전히 느끼는 사람이 있다.

자녀가 태어나면

자녀를 위한 삶을 살아가는 사람이 많다.
자녀는 커서 자녀대로 살아갈 것이고
부모는 부모대로 살아갈 인생을 설계해야 된다.
본인이 안타까워서 도와주지 않길….

자녀들이 도움을 요청하지 않았는데
내가 안타까워서 도와주는 건
간섭일 수도 있다.

힘들겠지만 잘 참아 주길….

평탄한 길을 걸었던 자녀보다
힘든 시기를 많이 겪은 자녀가
더 단단하고 성숙해진다.

자녀 인생은 자녀의 몫이기에
안타까워도 지켜봐 주길….

종교에서는 이렇게 말한다.

죄를 많이 지으면
죽음이 두려워질 것이고,
죄를 적게 지으면
죽음이 두렵지 않거나 기다려질 것이다.

부디… 남에게 죄를 짓지 않길….

당신이 죽도록
싫어하는 그 사람

싫어하는 그 사람이
당신을 좋아할 수도 있다.

당신을 좋아하는데도 죽도록 싫어할까?

내가 좋아하는
그 사람
그 사람도
이유 없이 당신을
죽도록 싫어할 수도 있다.

그래도… 좋아할 자신이 있는가?

쓸모없는 인생은 없다

인간관계에서는

나를 좋아해 주면 나도 그 대상이 자연스레 좋아진다.
나를 미워하면 나도 그 사람이 이유 없이 미워진다.
그러나
상대방이 날 미워해도 내가 좋아할 수도 있고
내가 싫어해도 상대가 날 좋아할 수도 있다.

쉽지 않을 것이다.

쓸 모 없 는 인 생 은 없 다

'용서는 최고의 복수다'라는 말

친구의 배반
이성의 상처
형제의 갈등

사람들에게 묻고 싶다
당신은 할 수 있는가?

쓸모없는 인생은 없다

서로 의견이
다를 수도 있는 건
너무나 당연한 것 아닌가?

과연 어느 것이 맞고
　　어느 것이 틀릴까?

가끔은
내가 맞는다고
생각하는 것도
내려놓을 줄 알아야
진정한 고수이다.

남자는 여자를 볼 때
눈이 가면
마음도 가는 법

이 간사한 놈….

죽고 싶은 날이 있으면
반드시 살고 싶은 날도 있으니….

이 간사한 놈….

쓸모없는 인생은 없다

웃고 있다고
행복해 보인다 말하지 말자.

울고 있어도
슬퍼 보인다고 말하지 말자.

웃고 있어도 슬퍼 보이는 사람이 있고
슬퍼 보여도 불행해 보이지 않는 사람이 있다.

쓸모없는 인생은 없다

세상에서 가장 슬픈 일은

그 사람을 사랑하는데
부모님의 반대와
가난하다는 이유로
사랑하는 사람을
떠나보낼 때

그 사람을 사랑하지 않는데
배경이나 금전적 조건이 좋아서
억지로 사랑을 할 때

과연
사랑이라 둔갑하고
사랑을 물건처럼 사고파는 건 아닌지 모르겠다.

나는 상처받은 사람에게 어떤 기분인지 묻지 않는다.

나 스스로 그 상처 받은 사람이 되어 본다.

내가 죽어도
세상 사람들에게
내 이름을 남기는 방법?

세상을 조금이라도
살기 좋은 곳으로 만들어 놓고
떠나는 것!

혹시 아는가,
현충원에 묻힐지?

쓸모없는 인생은 없다

이혼한 부부가 많은 이유는

사랑한다고 말할
기회를 많이 놓쳐서
이혼하는 건 아닌지

기회가 될 때마다
사랑한다고 말을 많이 했으면
착한 마일리지가 쌓여서
이혼을 막진 못하더라도
최소한 늦출 수 있진 않았을까….

학교를 졸업하고 난 후
직장 생활하면서
알게 되었다.

반복되는 기계라는 생각이
드는 건 나만 그런 건가?

내가 좋아하는 성경 구절

먼저 믿은 자가 나중에 천국에 갈 수 있고
나중에 믿은 자가 먼저 천국에 갈 수 있다.

세상은 엎어지기도 하고
        뒤집어지는 반전이 있다.

그러니
살아만 있어도 기회는 찾아온다.

돈에 여유가 있으니
책이 눈에 들어오지 않는다.

자꾸 휴대폰만 눈에 들어온다.
혹시 누가 나를 술 먹자고 불러내진 않을까?

돈이 없으니
휴대폰이 눈에 들어오지 않는다.

누가 날 불러도 술 먹을 돈이 없으니
나가질 못한다.

그런데
책은 눈에 들어온다.
이해가 되고 집중도 잘된다.

나보고 어찌하라는 말이냐.
무소유는 싫은데….

쓸 모 없 는 인 생 은   없 다

우리 서로 외로우니 다정하게 지내자.
우리 서로 외로우니 부드럽게 대하자.
우리 서로 외로우니 머리 기대어 살아 보자.

혼자가 아니라는 사실을
받아들이기만 해도
공황장애는 피할 수 있다.

쓸 모 없 는 인 생 은 없 다

죽고 싶은 사람에게 묻고 싶다.
상처받지 않은 사람이 어디 있고
초라함 없는 인생이 어디 있느냐.

그러니 죽지 말고 살아만 있으면
분명히 좋은 날 있을 것이다.

쓸모없는 인생은 없다

돈이나 지위가 높다고
나보다 못난 사람에게 못되게 굴지 말자.

지위가 높은 건 그것을 누리라고 준 것이 아니라
낮고 힘없는 사람을
봉사하고 손잡아 주라고 있는 것이다.

쓸모없는 인생은 없다

죽고 싶을 정도로
어려운 환경을 준 것은
하늘이 그 사람 가치를 알아보고
더 빛날 수 있는지
확인하려고
기회를 준 것일 수도 있다.

쓸모없는 인생은 없다

남의 힘듦을 보고
때론 나의 행복을 찾는다.

나보다 가진 게 적은 사람을 보고
'내가 저 사람보다 더 많이 가지고 있구나'
'나보다 더 괴롭고 힘든 사람도 있구나'

생각이 들면서
때론 내 자신을 위로하기도 한다.

쓸모없는 인생은 없다

문득 사랑하는 사람이
"오늘 너무 보고 싶다"라고 했을 때
당장 달려가서 만나자.

일은 내일도 할 수 있지만

그 감정이 사라지고 나면
다음 날
삐짐과 서운함이
당신을 평생 괴롭힐 것이다.

사람에게 행복을 줄 수 있는
가장 쉬운 방법이 있다.

이야기를 들어 주는 것만으로
행복해하거나 즐거워하는 사람이 많다.

쓸모없는 인생은 없다

세상이 너를 다 버린대도
나는 그러지 않을 거라는 것.

너는 나와 그런 마음이 달라도
나는 변함없다는 것
꼭!
기억해 주길 바란다.

쓸모없는 인생은 없다

상대방에게 억지로 잘 보이려고
노력하지 마라.
있는 그대로의 자신의 모습을 보여 주자.
장담컨대
최소한 후회는 남지 않을 것이다.

억지로 잘 보이려고 한다면
스트레스와 상처가 남을 것이다.

사람의 감정은 1초마다
변하니까.

쓸모없는 인생은 없다

내가 상대방에게 피해 주지 않거나
속이지 않고 살면
자신이 제일 착하게 살았다고 말한다.

그들에게 이야기하고 싶다.
지극히 개인적인 삶을 살았을 뿐이라고….

최소한
남을 돕는 봉사를 하고 살아야
가장 착하게 잘 살았다고 말할 수 있는 것
아닐까?

쓸모없는 인생은 없다

만취했다고 혼내지 마라.

외계인 언어 습득 중이니까.

만취했다고 혼내지 마라.

기억이 없는 세상에 있으니까.

쓸 모 없 는 인 생 은 없 다

요즘 이혼하는 사람이 많다.

한 가지 말하고 싶다.

이혼하면 더 잘 살 거라고 생각하지만
실제 이혼하면 더 못한 삶을
사는 사람이 많다.

쓸모없는 인생은 없다

사랑에도 두려운 사랑이 있다는데

그래서 사람들은
사람을 대할 때
너무 사랑하면 안 돼서
사랑하면서도
안전거리를 두는 것일까?

나만 사랑하는 것 같아서?
헤어지면 나만 상처 받을 것 같아서?

그러나
세상에는 낭비된 사랑은 없다.

쓸 모 없 는   인 생 은   없 다

다시는 놀고 싶지 않을 만큼 원 없이 놀아 보고,
다시는 걷고 싶지 않을 만큼 쓰러질 때까지 걸어도 보고,
지금 만나는 그 사람을 더 이상 사랑할 수는 없을 만큼
최선을 다해 사랑도 해 보고,
그렇게 무언가에 나를 몰입시키는
순간순간들이 있어야
생의 마지막 날
"나는 최선을 다해서 살았다" 말할 수 있을 것이다.

쓸모없는 인생은 없다

세상 사람들은 안타깝게도
만남에 있어
미리 헤어짐을 걱정한다.
그것처럼 어리석은 일은 없다.

어차피 죽도록 사랑하는 사람의 만남도
죽음이라는 결말은 있기에

그 사람과 헤어졌다는 이유로
애써 기억을 지우려 해도
기억 한구석에 평생 떠나지 않고
조그마한 추억으로 남을 테니까.

쓸모없는 인생은 없다

함께하는 것에 익숙해져서
생각 없이 툭툭 던진 말이
상처가 되어
그 사람과 헤어졌다.

그 사람이 떠나고 나서야 알게 되었다.

그저 바라보는 것만으로도
작은 행복이었다는 것을….

쿨하게 헤어지려는
모습을 보여 주려고
마음을 아무리 감추려 하고
숨기려 해도
마음 상태가 다 드러난다.

쓸모없는 인생은 없다

사랑하는 사람이 나에게 묻는다.

가장 행복했던 순간이 언제냐고.

난 항상 변함없이 대답한다.

너랑 함께 있는

지금이라고….

쓸모없는 인생은 없다

세상에는 좋은 사람도 분류가 있다.

대가를 바라지 않고
남을 배려하며
의리를 지키는 사람이 있는 반면에

좋은 사람인 척
위장하여 교활하게
이익을 챙기는 사람도 있다.

못할 짓 많이 하고 살았던 나
미워해도 떠나지 않고
내 옆에 남아 준 사람들
더 늦기 전에
꼭 하고 싶은 말을 전하고 싶다.

정말 고맙고 사랑했다고….